はじめての ゆうき

そうまこうへい・作　タムラフキコ・絵

としおの　お父《とう》さんは　岡山《おかやま》うまれだ。
岡山《おかやま》は　しんかんせんの　のぞみで
東京《とうきょう》から　三《さん》じかん十五《じゅうご》ふん　かかる。
まいとし　なつと　お正月《しょうがつ》に
としおは　かぞくで
おじいちゃんと　おばあちゃんの　まつ
岡山《おかやま》に　かえる。

「おお、よおかえったなあ」おばあちゃんが　いう。
「おおきゅうなったのう」おじいちゃんが　いう。
としおは　あかちゃんの　ときから
岡山《おかやま》に　かえっていたので
たいていの　岡山《おかやま》べんは　わかる。
でも　岡山《おかやま》べんで　はなしたことは　いちども　ない。
「おおきゅうなったじゃろう。いっかげつに
二《に》センチも　のびるんじゃから」

としおの　お父《とう》さんは　岡山《おかやま》に　かえると
岡山《おかやま》べんに　なる。

としおの　お父《とう》さんが　岡山《おかやま》べんに　なるのは
岡山《おかやま》に　かえったとき　だけではない。
すごく　うれしかったときや　おこるときに
岡山《おかやま》べんに　なる。
スポーツの　とくいな　お父《とう》さんは
おとなしくて、どちらかというと
うちの中《なか》で　あそぶことのおおい　としおを
そとに　つれだして、かけっこや　なわとびの

〝どっくん〟を　してくれる。

としおの　お父《とう》さんは
おしえるときは　きびしいけど
うまく　できたときは
じぶんが　できたみたいに
よろこぶ。
　そんなとき　ときどき
「そんなんじゃあ
いけん　ゆうとるじゃろうが！」とか

「うわぁ、ようやったのう」とか
岡山《おかやま》べんが　でる。
としおは　お父《とう》さんが
だいすきだ。
お父《とう》さんには　なんでも　はなす。
だいすきな　ゲームの　ことや
テレビの　ことやなんか　ぜんぶ。
でも……。

このあいだから　としおには
お父《とう》さんに　かくしている　ことが　ある。
それは　いちがっきが　はじまって　まもないころから
学校《がっこう》で　なかまはずれに　されている　ことだ。
なんで　なかまはずれに　されるように　なったのか
としおは　わからない。
その　中《なか》には　ようちえんの　ときから
ずっと　いっしょで　いちばん　なかの　よかった

まさとくんまでが　はいっている。

やすみじかん　いつもだったら
まさとくんたちと　ドッジボールを　するのに
みんなは　としおを　なかまに　いれてくれない。
　それでも　むりに
としおが　みんなの中《なか》に　はいっていったとき
みんなは　わざと　としおに　ボールを
ぜんぜん　まわさなかったり
としおだけを　ねらって　こうげきした。

としおの　けってんは　きが　よわいところだ。
ちっちゃいときから
すなばで　スコップを　とられても
ブランコに　ならんでいて　わりこまれても
としおは　なんにも　いえなかった。
まさとくんの　お母《かあ》さんは　そんな　としおを　みて
「としちゃんって　やさしいね」と
いってくれてたが……。

たしかに　としおは
やさしいことは　やさしいんだけど
きが　よわいところが　ある。
みんなに　なかまはずれに　されたり
いじわるされたりしても
やっぱり　としおは
ちっちゃいときと　おんなじで
はんげき　できなかった。

がまんしていれば　そのうち　みんなも
あきるだろうと　としおは　おもっていた。
だけど　いっかげつしても　それは　かわらなかった。
ぼくは　よわむしだ。
でも　こんなこと　お父《とう》さんに　いえない。
ぜったい　いいたくない。
そんなある日《ひ》、いつものように　としおが　お父《とう》さんと
いっしょに　おふろに　はいったときの　ことだ。

なつやすみ
どこに　いくかという　はなしで
もりあがったあと　お父《とう》さんが
としおに　きいた。
「としお、やすみじかん
なにやってる？」
「えっ、やすみじかん？」
「そうだよ、やすみじかん」

「……」

「ドッジボール？」

「ううん、ドッジは
いまは　やんない」

「じゃ、なに？」

「……

サッカー、サッカーやってるよ」

としおは　ウソを　ついたのだ。
ほんとうは
まさとくんたちが　たのしそうに
やりはじめた　サッカーの
なかまに　いれてもらえなくて
こうていの　すみで
ひとり　ポツンと
みていただけなのに。

「ほぉー、サッカーか」
　としおが
スポーツの　はなしを　すると
お父《とう》さんは　すごく　よろこぶ。
「ほんなら、こんどの　にちようは
サッカーの　とっくんじゃあ」
お父《とう》さんは　じょうきげんだ。

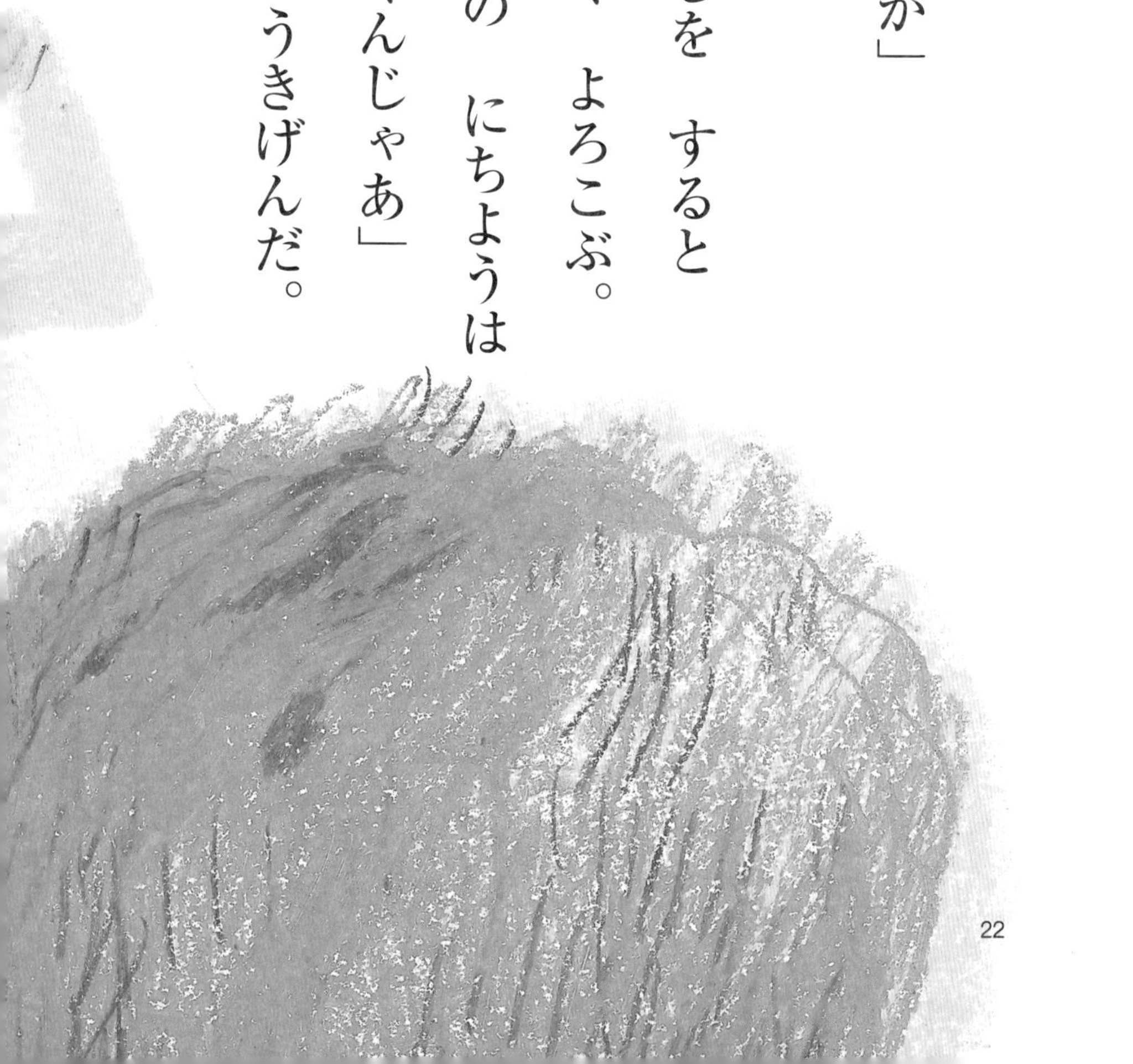

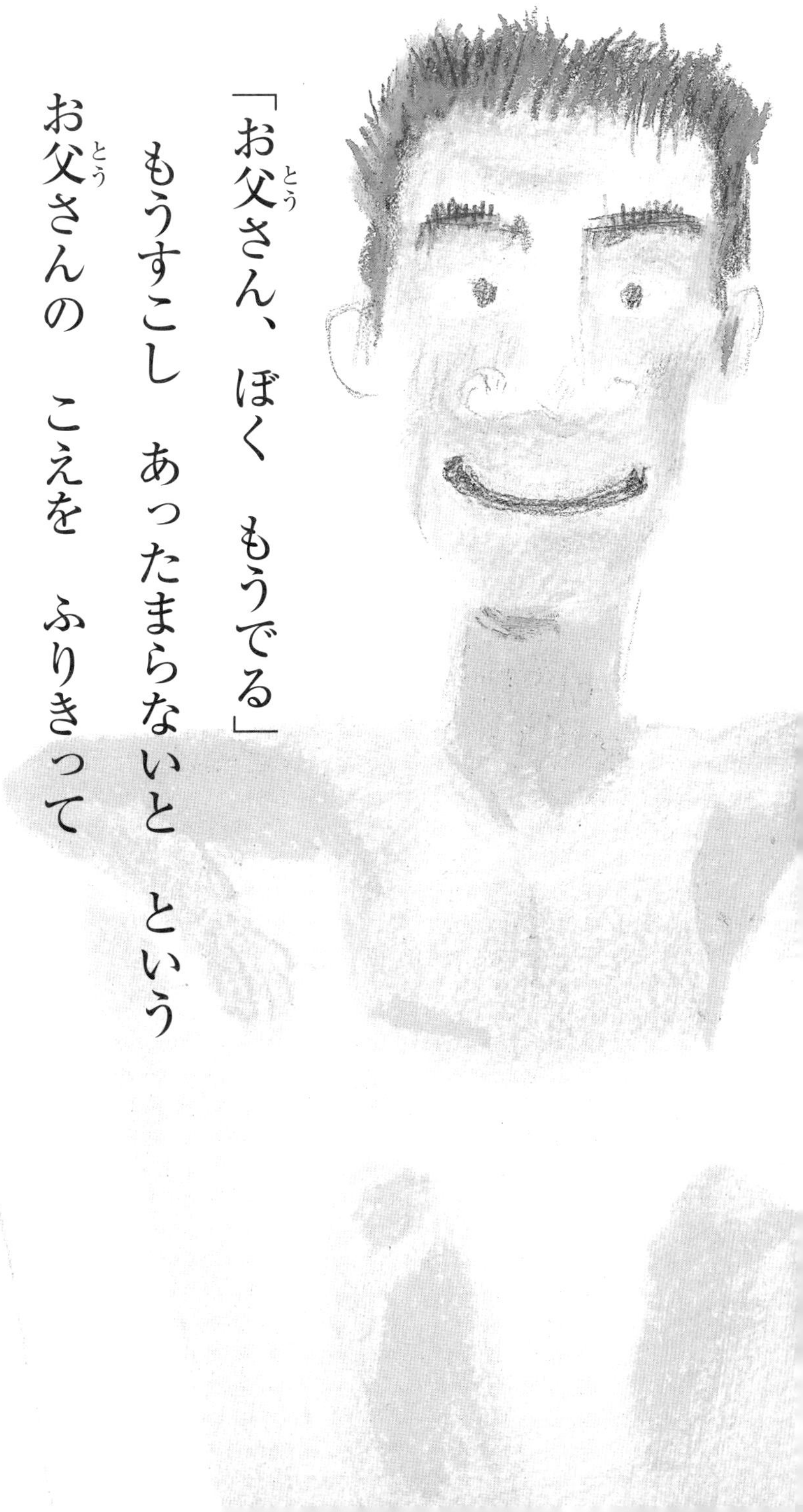

「お父《とう》さん、ぼく　もうでる」
もうすこし　あったまらないと　という
お父《とう》さんの　こえを　ふりきって
としおは　あわてて　おふろを　でた。

としおは　ショックだった。
お父《とう》さんに
おもわず　ウソを　ついてしまったことが
だいショックだった。
ぼくは　よわむしで
おまけに　ウソつきだ。
お父《とう》さんに　ウソを　ついたことなんて
いままで　いちども　なかったのに。

そのよる　としおは　ぜんぜん　ねむれなかった。
目《め》を　とじると
ウソとは　おもいもしないで
にこにこしながら　きいている
お父《とう》さんの　かおが　あたまに　うかんできた。
「ほんなら　こんどの　にちようは
サッカーの　とっくんじゃあ」
お父《とう》さんの　岡山《おかやま》べんが　きこえてきた。

そして　その　つぎの日《ひ》の　ことだ。
じけんが　おきたのは。
「いってきまーす」
「きをつけるんだぞ」
えきに　むかう　お父《とう》さんと
いつもの　かどで　わかれて
としおは　学校《がっこう》へ　むかう。
としおは　十《じゅう》メートルほど

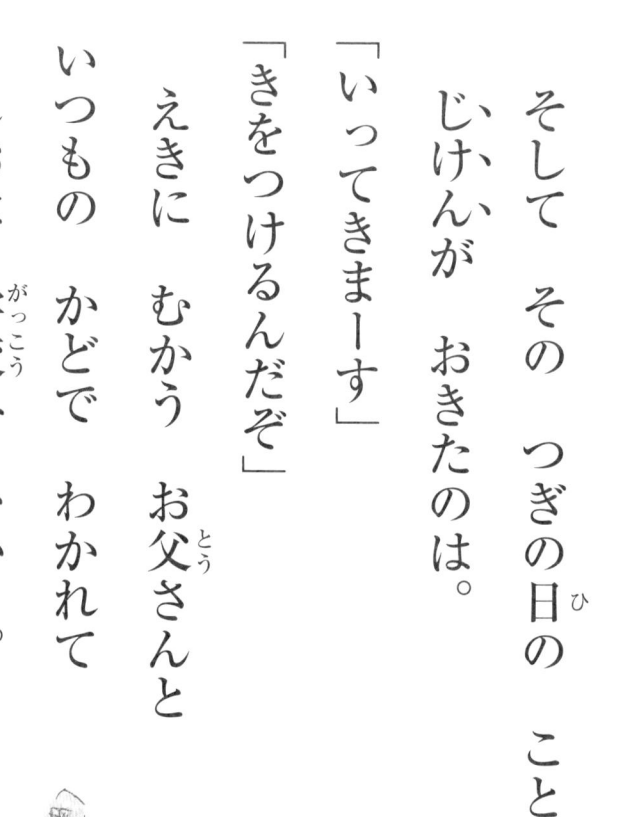

あるいたところで
ふりかえって　お父《とう》さんを　みる。
お父《とう》さんは
いつも　そうなんだけど
としおと　わかれたあとは
大《おお》またで　あるいている。
さっそうとしている。
かっこいいなぁ　お父《とう》さんは。

それにくらべて
としおは　お父《とう》さんと　わかれたあと
お父《とう》さんとは　ぎゃくに　ほほばが　小《ちい》さくなる。
学校《がっこう》が　ちかづくにつれて　うつむいてくる。
ぼくって、かっこわるい。

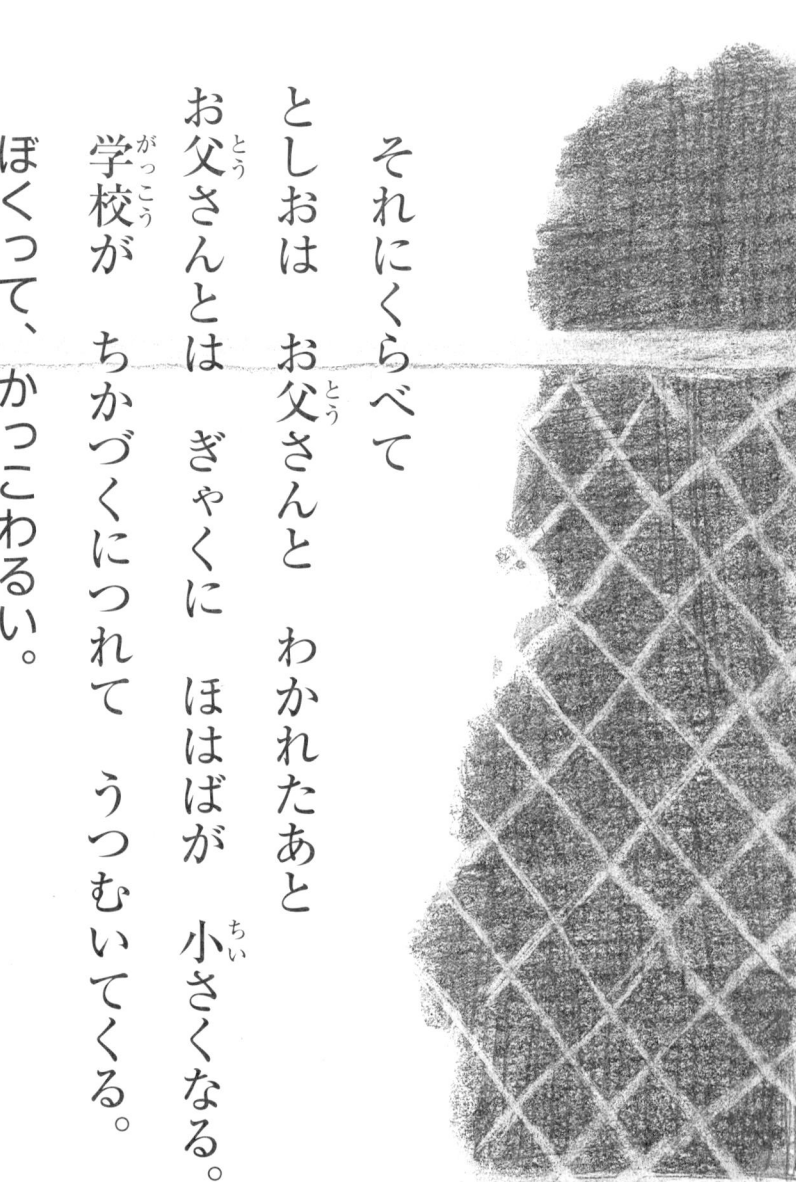

きょうしつには　もう　クラスの
ほとんどの　ひとが　きていた。
きょうしつに　はいるときから
としおは　なんかへんだと
かんじていた。
みんなが　じぶんを
みているような　けはいが　したのだ。
としおの　まわりで

クスクスという　わらいごえが　きこえる。
わるい　よかんがする。

せきについて　そおっと　かおを　あげた
としおの　目《め》と　かんだくんの　目《め》が　あった。
かんだくんは　ニヤニヤしながら
（としおは　かんだくんの
ニヤニヤしている　かおが　にがてだ）
こくばんの　ほうを　ゆびさした。
としおは　かんだくんの　ゆびさした　こくばんを
おそるおそる　みた。

こくばんには
へたな　えと　へたな　じで
としおを　からかう
いたずらがきが
いっぱい　かいてあった。
クスクスと　また
だれかが　わらった。
としおは　わらいごえの

するほうを　みた。
かんだくんの　ニヤニヤが
はらくんにも　あべくんにも
たけだくんにも　もりさんにも
よしおかさんにまで
うつっている。
としおの　あたまは
カーッと　あつくなった。

いままでの　としおなら
こんなときでも　したをむいて
くちびるを　かみしめているだけだったが
その日《ひ》は　ちがった。
としおは　すごい　いきおいで
せきから　たった。
いかりで　からだが　小《ちい》さく　ふるえている。
こんなこと　はじめてだ。

でも　なにも　いえない。
三《さん》びょう、四《よん》びょう、五《ご》びょう……
やっぱり　としおは　このまま
はんげきしないで　おわってしまうのか。
にぎりしめた　としおの　てのひらは
あせで　びっしょりだ。
六《ろく》びょう、七《なな》びょう、八《はち》びょう……
そのとき　としおの　あたまに

ボワッと　だれかの　かおが　うかんだ。
その　かおは……

ふとい　まゆ、
がっしりした　はな……
としおの　お父《とう》さんだ。
としおを　とっくんしているときの
お父《とう》さんの　かおだ。
としおに　ガッツを　いれているときの
お父《とう》さんの　かおだ。

としおの　からだの中《なか》で　なにかが　はじけた。
そして　としおは　さけんでいた。

「だれなんなら、
だれが
かいたんじゃあ！」

※だれなんなら…岡山《おかやま》べんで「だれなんだ」

それまで　ザワザワしてた
きょうしつの　中《なか》は
いっしゅんで
こおりついたみたいに
シーンと
しずかになった。
かんだくんが
キョトンとした　かおで

くちの　中《なか》で
なにやら　もごもごと
つぶやいている。
すこしして
はらくんが　あわてて
こくばんけしで
いたずらがきを
けしだした。

クラスの　みんなも　びっくりしたが、
としおも　びっくりした。
それは　じぶんの　だした　こえが
となりの　となりの　きょうしつにも　きこえるぐらい
でっかい　こえだったからだ。
そして　それよりも　びっくりしたのは
くちから　かってに　とびだした　ことばが
岡山《おかやま》べんだったこと。

「だれなんなら、だれが　かいたんじゃあ」
としおが　はじめて　しゃべった
お父《とう》さんの　岡山《おかやま》べん。
なんで　岡山《おかやま》べんに　なっちゃったんだろう。

いちじかんめは
としおの　すきな　こくごだったが
としおの　みみには　先生《せんせい》の　こえは
ほとんど　はいらなかった。

「だれなんなら、　だれが　かいたんじゃあ」
じぶんが　しゃべった　岡山《おかやま》べんが
くりかえし　くりかえし
としおの　あたまの中《なか》で　きこえた。
ほんとうに　あれは
ぼくが　いったんだろうか。

いちじかんめが　おわったとき
まさとくんが
としおの　ところへ　やってきた。
まさとくんと
としおが
こうして
しょうめんから
むきあうのは

ほんとうに　ひさしぶりだ。
「としちゃん」
「……」
としおの　むねが
ドキドキする。
そして　まさとくんの
むねも　おんなじように
ドキドキしていた。

「としちゃん、ごめん」

「えっ……」

「としちゃん、いままで　ほんとに　ごめんね」
おもいもかけない
まさとくんの　ことばに
としおは　むねが　いっぱいになった。
「としちゃんが　さっき　おこったとき……」
「……」
「としちゃん、すごかったよ、
すごい　かっこよかった」

としおの　かおが　まっかに　なった。
すごかったと　いわれて　はずかしかった。
かっこよかったと　いわれて
むちゃくちゃ　うれしかった。
「としちゃん、やすみじかんに　なったら
いっしょに　あそぼう」
「うん」
としおは　なみだが　こぼれそうになるのを

ひっしで　こらえた。

その日《ひ》から
まるで　まほうが　とけたみたいに
みんなは　としおに　いじわるを
しなくなった。
そして　としおと　みんなは
すこしずつだけど　いっしょに
はなしたり　あそぶように　なった。
ながいあいだ　はなしてなかったから

すぐに　まえのように
というのは　むりで
もとに　もどるのも
じかんが　かかる。
　ちょっとずつ　みんなは
としおに　はなしかけるようになって
としおの　ほうも　ドキドキしないで
はなせるように　なっていった。

いまは　みんなで　サッカーを　やっている。
かんだくんの　ニヤニヤも　あれから　みない。

「お父《とう》さん、
ぼく　きょう
はつゴール　きめたよ！」
おふろで　としおが　はなしたら

「そりゃ、すげえが」
お父さんの　岡山《おかやま》べんが　でた。

作者
そうまこうへい
岡山県生まれ。慶応大学法学部卒業。コピーライター、絵本作家。『もしも ぼくに おにいちゃんがいたら』（講談社）『ぼくの おとうさんは はげだぞ』（架空社）『おばあちゃんの絵てがみ』（ＰＨＰ研究所）『どうぶつかぞく』（絵・さくらももこ／小学館）『おとうさんの絵』（絵・忌野清志郎／マガジンハウス）など、〝家族〟をテーマにした作品が多数ある。

画家
タムラフキコ
長野県生まれ。イラストレーター。京友禅工房、アニメーション背景を経て、コム・イラストレーターズスタジオに学ぶ。東京イラストレーターズソサエティ会員。装画に『夕子ちゃんの近道』（著・長嶋有／新潮社）『自分なくしの旅』（著・みうらじゅん／幻冬舎）『案外買い物好き』（著・村上龍／幻冬舎）など。二人の息子の母。幼年童話の挿絵は本作が初めて。

おはなしだいすき
はじめてのゆうき

２０１０年９月17日　第１刷発行
２０１８年５月10日　第５刷発行
NDC913　63p　22cm

作者＝そうまこうへい
画家＝タムラフキコ
発行者＝小峰紀雄
発行所＝（株）小峰書店
〒：１６２-００６６
東京都新宿区市谷台町４-１５
ＴＥＬ：０３-３３５７-３５２１
ＦＡＸ：０３-３３５７-１０２７
装幀＝エジソン（津久井香乃古）
印刷＝（株）精興社
製本＝小高製本工業（株）

ISBN978-4-338-19222-4
http://www.komineshoten.co.jp/
乱丁・落丁本はお取りかえいたします。